Le
Droon

Le tapis magique

L'auteur

Tony Abbott est né dans l'Ohio, d'un père parachutiste reconverti dans la littérature et d'une mère professeur. Il a travaillé dans des librairies, dans une bibliothèque et a commencé d'écrire pour la jeunesse à la naissance de ses enfants. *Danger Guys*, qui deviendra une série, est le premier d'une soixantaine de livres publiés. Très éclectique, Tony Abbott participe à de nombreuses associations et organisations culturelles, parmi lesquelles la prestigieuse Society of Children's Book Writers and Illustrators. Il vit dans le Connecticut avec sa femme, ses deux filles et son chien.

Du même auteur, dans la même collection :

Vous aimez les livres de la série

Le monde de Droon

Écrivez-nous pour nous faire partager votre enthousiasme :

Pocket Jeunesse - 12 avenue d'Italie - 75013 Paris

Le monde de Droon

Tony ABBOTT

Le tapis magique

Traduit de l'anglais (États-Unis)
par Nathalie Serval

Illustré par Tim Jessell
Adapté par Florence Budon

Titre original :
The Secrets of Droon
1 - The Hidden Stairs and the Magic Carpet

Publié pour la première fois en 1999
par Scholastic, Inc., New York.

Pour Dolores, Jane et Lucy

Loi n° 49-956 du 16 juillet 1949 sur les publications
destinées à la jeunesse : avril 2007.

© 2007, Pocket Jeunesse, département d'Univers Poche,
pour la traduction française et la présente édition.

ISBN 978-2-266-14093-5

Un placard secret, un escalier magique...
Bienvenue
dans le monde merveilleux
de Droon!

Quelle corvée de devoir faire du rangement alors qu'on avait prévu de jouer au foot dans le jardin! Pourtant, quand Éric décide d'explorer le cagibi qu'il a découvert dans la cave de sa maison, l'incroyable se produit: un escalier aux couleurs de l'arc-en-ciel se déroule sous ses pieds et l'emmène avec ses amis, Max et Julie, dans le monde de Droon. Un monde enchanté, peuplé de lézards volants, de jolies princesses et de vieux magiciens dans des tours invisibles. Toutefois, l'aventure n'est pas sans danger: le seigneur Sparr cherche à s'emparer de l'Œil de l'Aube, une pierre aux pouvoirs extraordinaires, afin de conquérir le monde de Droon puis le monde d'En Haut. Les trois enfant sont bien décidés à l'en empêcher, mais que valent le courage et la ruse face à un sorcier aussi diabolique?

1

Le secret du placard

Éric Hinkle traversa la cuisine à toute allure.

— Faut que je file ! lança-t-il à sa mère. Max et Julie m'attendent pour jouer au foot.

— Stop !

Madame Hinkle se posta devant la porte.

— Tu es sûr de n'avoir rien oublié?

Elle lui tendit une poignée de sacs à poubelle vides.

Le jeune garçon la regarda sans comprendre, mais tout à coup la mémoire lui revint.

— Oh, non! gémit-il. Pas la cave…

Toc toc! On frappait à la porte. Éric ouvrit en soupirant. Max Kroger, son voisin et meilleur ami, entra d'un pas décidé.

— Qu'est-ce que tu fais? Je t'attends dehors depuis un quart d'heure!

— Je peux pas venir, grommela Éric. J'ai promis à mon père de ranger la cave, pour qu'il puisse y faire des travaux.

La mort dans l'âme, Éric saisit les sacs que lui tendait sa mère.

— Tu seras libre à quatre heures, lui dit-elle en montrant la pendule.

Il était deux heures.

— Quatre heures ? répéta Éric désespéré.

L'après-midi était fichu !

— Allez ! Je vais te donner un coup de main, dit Max en l'entraînant vers la cave. Toi et moi, on forme une super-équipe. Et qui sait ? On va peut-être trouver un trésor…

Éric sourit. « Ça, c'est un vrai copain », pensa-t-il. Qui d'autre aurait accepté de s'enfermer dans une cave, en plein après-midi ?

Il alluma la lumière de l'escalier et ils descendirent tous les deux.

Au sous-sol, Max jeta un coup d'œil sur la pièce, à droite. Il découvrit des étagères pleines de livres, un coffre à jouets, un canapé et même un poste de télévision… Le parquet et les murs en bois faisaient penser à une cabane, en beaucoup plus confortable.

— Ouah! Si ma cave ressemblait à ça, j'y installerais ma chambre! s'exclama-t-il.

Éric aussi aimait beaucoup cette pièce – un refuge idéal en cas de pluie.

— Viens plutôt de ce côté, dit-il à son ami. C'est par là que ça se passe!

Et il lui indiqua la partie à gauche de l'escalier, celle que son père voulait aménager.

Max siffla en regardant autour de lui.

— Quel bazar!

Un établi en bois couvert d'outils, de bocaux pleins de clous, de vis et de boulons occupait le mur du fond. Sur l'autre mur, des rayonnages croulaient sous des boîtes de conserves. Enfin, un immense bric-à-brac de cartons, de jouets et de bibelots en tous genres encombrait le centre de la pièce.

— Nous ferions bien de nous mettre au travail tout de suite, soupira Éric.

Max se laissa tomber dans un fauteuil poussiéreux, visiblement peu motivé.

— Comment ça, « nous » ?

— Eh ! Tu as dit qu'on formait une équipe !

— Exact. Moi, je suis ton *coach*.

Furieux, Éric s'apprêtait à bombarder le traître avec des billes de polystyrène échappées d'un carton, quand quelqu'un frappa à la vitre du soupirail. Un visage apparut.

— C'est Julie !

Il agita la main en direction de la fenêtre.

— Fais le tour et viens nous rejoindre !

Depuis leur première mésaventure en maternelle – ils étaient restés coincés dans un arbre pendant deux heures – Julie, Éric et Max formaient un trio inséparable.

Quelques minutes plus tard, Julie Rubin dévalait les marches, un ballon de foot sous le bras.

— Salut les garçons ! Je croyais qu'on devait jouer dehors ?

— Désolé, marmonna Éric, mais je dois ranger la cave.

Il tira une caisse de jouets qui se trouvait sous l'escalier.

— Et je suis son *coach*, précisa Max.
À moi la passe !

Julie lança la balle.

— Tu n'es pas prêt d'avoir fini, dit-elle
en survolant la pièce du regard. Je vais
t'aider.

— Si on jouait plutôt ? proposa Max.

Il se leva, dribbla puis shoota dans le
ballon.

— Eh ! Attention, fit Éric en plongeant
derrière une caisse.

Le ballon heurta l'établi et revint droit
sur Max, le frappant en plein visage.

— Aïe ! Mon nez.

Le ballon rebondit cette fois sur les
rayonnages, roula sur le sol et disparut
dans l'ombre.

— J'y vais !

Julie sauta en bas des marches, se précipita vers le ballon mais s'arrêta net.

— C'est quoi, ça ?

Elle montrait du doigt une porte qui se découpait dans le mur, sous l'escalier. Le battant en était entrebâillé.

— Sûrement une sorte de placard, observa Max.

Éric avait vu cette porte des centaines de fois, mais il ignorait ce qu'il y avait derrière.

— Elle a dû s'ouvrir quand j'ai poussé la caisse.

— On dirait que le ballon a roulé derrière…

Julie tira le battant vers elle.

— Ouah ! Sympa !

Max avait raison : la porte donnait sur un cagibi. Et le ballon se trouvait bien là.

Éric jeta un coup d'œil par-dessus l'épaule de son amie.

— Super ! On va pouvoir y mettre une partie du bazar.

Julie pénétra dans le placard en courbant la tête.

— On se croirait dans un passage secret. Ça donne envie de jouer à cache-cache.

— Laisse-moi voir !

Dans son impatience, Max poussa Éric contre la porte, qui se referma brusquement. Au même instant, un cri perça de l'intérieur. Le cœur des deux garçons se mit à battre plus fort.

— Au secours ! fit la voix de Julie. Je toooombe…

2

Le pays sous l'escalier

Éric se jeta sur la porte et l'ouvrit en
grand. Il laissa échapper un soupir de
soulagement : Julie se trouvait toujours
dans le cagibi. Elle examinait le sol en
ciment gris. Le ballon, quant à lui, était
invisible.

— Ça va ?

— Le sol a avalé le ballon! s'écria Julie en reculant hors du placard.

Les deux garçons regardèrent le ciment, puis leur amie.

— Il y avait un escalier! J'ai même failli tomber!

— Un escalier qui s'enfonçait dans la terre? fit Max, incrédule.

— C'est ça! J'ai vu le ballon rebondir de marche en marche. Puis vous avez ouvert la porte, et l'escalier a aussitôt disparu.

Éric et Max pénétrèrent à leur tour dans le cagibi. Un peu rassurée par leur présence, Julie les rejoignit. Il y avait à peine assez de place pour eux trois.

— Tu es sûre de ne pas avoir pris le ballon sur la tête? demanda Max. On dirait que tu as rêvé.

Éric s'accroupit afin d'inspecter le sol à son tour. Aucune trace d'escalier.

— Julie, j'ai peur que…

— Je ne raconte pas d'histoires ! protesta Julie en tapant du pied. Attendez ! La porte était fermée et il faisait noir. Peut-être que…

— Si tu veux mon avis, il fait suffisamment noir comme ça, dit Max qui devinait son intention. Tu ne vas pas nous enfermer…

Mais Julie avait déjà tiré la porte.

— C'est malin ! Maintenant, on n'y voit plus rien…

À peine Max avait-il prononcé ces mots que le sol se mit à clignoter, comme s'il était parcouru d'éclairs. Puis il s'illumina et une vive clarté se répandit dans le placard, obligeant les enfants à fermer les yeux un instant. Soudain un escalier aux couleurs de l'arc-en-ciel se matérialisa devant eux comme par enchantement. Il descendait si loin qu'on n'en distinguait pas le bout.

— Vous voyez! s'exclama Julie. Qu'est-ce que je vous disais? Venez, il faut récupérer le ballon.

— Ça ne me semble pas très prudent, objecta Max.

— Tu ne vas pas te dégonfler!

Éric avait un sentiment étrange. Il ne savait pas pourquoi, mais cet escalier l'attirait irrésistiblement. Il posa un pied sur la première marche, sur la deuxième, puis sur la troisième… Un souffle d'air tiède lui caressa le visage. À ce niveau, la lumière avait une teinte rosée.

— C'est incroyable!

Il se retourna et appela ses amis.

— Dépêchez-vous !

— Je ne crois pas que ce soit une bonne idée, insista Max.

— Ah ! Ah ! se moqua Julie. Tu fais moins le malin maintenant.

Elle descendit les marches quatre à quatre pour rattraper Éric.

— Mmm… Qu'est-ce que ça sent bon ici ! Accélère, Max !

Une forêt de grands arbres s'étendait sous eux, si bien que l'escalier disparaissait dans un véritable océan de verdure.

— C'est de plus en plus fou, murmura Éric. Il y a sûrement de la magie derrière tout ça.

— Je ne crois pas à la magie, répliqua Julie en se mordillant les lèvres, comme chaque fois qu'elle ne comprenait pas ce qui se passait. En tout cas, cet endroit est magnifique. Un peu étrange, aussi… Ça me fait penser à un parc d'attractions : « Le pays sous l'escalier » ! « Entrée gratuite pour les moins de douze ans »…

Soudain, Éric s'immobilisa. Il distinguait quelque chose à travers la brume, qui s'accrochait à la cime des arbres.

— Ça alors !

— Quoi ? fit Max qui les avait rejoints.

— Là-bas… On dirait des lézards.

— Dans les arbres ? demanda Julie. C'est plutôt normal, non ?

— Oui, sauf que ces lézards volent, qu'ils sont énormes et qu'il y a de drôles de petits hommes rouges sur leur dos…

— Ça, ce n'est pas normal !

Tout à coup, une flèche enflammée siffla à l'oreille d'Éric.

— Tu parles d'un accueil! Ils nous tirent dessus!

3

Gorgols et Ninns

Viiizzzz… Une seconde flèche partit en direction des enfants. Soudain, ils se retrouvèrent encerclés par d'énormes lézards ailés, aux yeux flamboyants et aux pattes griffues. Leurs cavaliers les menaçaient avec des arcs.

— On remonte ! cria Éric.

— Impossible, dit Julie. L'escalier est en train de disparaître.

En effet, les marches au-dessus d'eux se fondaient rapidement dans le brouillard et le ciel rose.

— Oh! non, gémit Max. J'en étais sûr! Si seulement vous m'aviez…

Une flèche enflammée le frôla, l'empêchant de finir.

— Suivez-moi! lança Éric en dévalant l'escalier. Nous serons à l'abri sous les arbres!

Il poussa un cri d'effroi: sous ses pieds, les marches s'évaporaient…

— Ahhh! hurla Julie.

— Accroche-toi à… cria Max.

Mais Éric n'entendit pas la suite, car il tombait comme une pierre. Il sentit qu'il traversait le feuillage des arbres.

Des branches se brisaient, le griffant et ralentissant sa chute.

— Ouf!

Il atterrit brutalement sur la mousse du sous-bois et resta un moment à regarder le ciel, étourdi. « Qu'est-ce que je fais là? pensa-t-il. Où sont Max et Julie? »

Puis il aperçut entre les arbres les lézards géants. Ils décrivaient des cercles au-dessus de la forêt, comme s'ils cherchaient quelque chose. Tout à coup, l'un d'eux piqua droit vers lui en poussant un cri affreux.

— *Krrâ! Krrâ!*

Éric voulut ramper sous un buisson, mais une douleur violente le stoppa dans son élan.

— Aïe! Ma cheville.

Il avait dû se faire mal en tombant et ne pouvait presque plus bouger le pied.

Maintenant que les lézards volaient au ras des arbres, Éric distinguait mieux leurs cavaliers. Ils avaient l'air féroce. Leur gros corps était surmonté d'une tête ronde aux oreilles pointues, et, surtout, leur peau était d'un rouge aussi vif qu'une crête de coq. À l'évidence, ce n'étaient pas des humains.

— Dites-moi que je rêve ! murmura Éric. Ou plutôt que je fais un cauchemar...

— Eh non ! ce n'est pas un cauchemar.

Éric tourna la tête de tous les côtés... Personne !

— Maintenant, j'entends des voix. Il ne manquait plus que ça !

— Chut ! Pas si fort.

Soudain, les buissons s'écartèrent, et il vit apparaître une fille de son âge. Elle portait une longue tunique bleue, serrée à la taille par une large ceinture en cuir.

— *Krrâ! Krrâ!*

Les lézards piquèrent à nouveau vers les arbres.

L'inconnue ramassa un caillou qu'elle lança de toutes ses forces. Paf! Il alla s'écraser contre un arbre avec un bruit sec.

— Par ici! s'écria l'un des cavaliers volants en désignant l'endroit.

Les lézards s'éloignèrent aussitôt à tire-d'aile.

— Bien joué!

Éric plongea son regard dans les yeux verts de sa nouvelle amie. Sa peau était blanche comme un nuage.

— Je m'appelle Kya, dit la jeune fille.
Et toi, tu arrives sans doute du monde
d'En Haut. Comment as-tu atterri ici?

Éric baissa la tête, gêné. Pourvu qu'elle
ne se moque pas de lui!

— Euh… Je suis tombé.

— Eh bien, tu ne pouvais pas tomber
plus mal! Le seigneur Sparr ne va pas
tarder. La région est infestée de Ninns
montés sur des gorgols. C'est moi qu'ils
poursuivent.

— Le seigneur Sparr? répéta Éric sans
comprendre. Des Ninns…?

— Mais, tu es blessé?

Elle effleura la cheville du jeune
garçon, qui sursauta.

— Aïe!

— Tu as dû te faire une entorse.

Kya prit une pincée de poudre scin-
tillante dans une bourse qu'elle portait
au poignet et la répandit sur la cheville
d'Éric.

— Ça va mieux ?

Le jeune homme sentit un fourmille-
ment le long de sa jambe. Il remua le
pied avec précaution.

— Je n'ai plus mal. Incroyable ! Qu'est-
ce que tu as fait ?

— Pas le temps de t'expliquer.

Kya sortit un crayon et une feuille
de papier d'une poche et y griffonna
quelques mots.

— S'il te plaît, aide-moi. Va trouver
Galen et dis-lui de transmettre ce message à mon père, le roi Zello.

— Un roi ? s'étonna Éric. Mais alors…
tu es une princesse ?

— Ils sont là ! Attrapez-les ! tonna une voix venue du ciel.

Flap flap flap ! Les lézards piquèrent soudain vers eux et vinrent se poser en agitant leurs grandes ailes. Les cavaliers rouges mirent pied à terre.

— Les Ninns nous ont repérés !

Kya glissa le papier froissé dans la main d'Éric.

— Le seigneur Sparr est un sorcier de la pire espèce. Il ne reculera devant rien pour conquérir le monde de Droon. Je t'en prie, fais vite ! Tu trouveras Galen dans sa tour.

— Une tour ? Je n'ai vu de tour nulle part. De toute façon, c'est impossible : je dois rejoindre mes amis et rentrer chez moi.

Kya le regarda d'un air grave.

— Si tu viens du monde d'En Haut, tu auras besoin d'aide pour y retourner. Rends-moi ce service et je te promets de te montrer le chemin. Je vais les distraire pendant que tu files. Dépêche-toi !

Sur ces paroles, Kya bondit et s'éloigna, aussi rapide qu'un chat. Éric, entendant bruisser les feuilles, leva les yeux. Un étrange oiseau blanc rasait la cime des arbres. On aurait dit qu'il suivait Kya.

— Là ! hurla un Ninn. La princesse !

Les affreux petits hommes rouges se lancèrent à la poursuite de Kya, cassant les branches et arrachant les feuilles sur leur passage, mais elle était trop rapide pour eux.

— Qu'est-ce que j'ai fait pour mériter ça ? gémit Éric.

Il se leva lentement, vérifia qu'il ne boitait plus et suivit la route par laquelle la princesse avait fui. Un peu plus loin, un pont de pierre enjambait une rivière. Éric réfléchit à toute vitesse : s'il parvenait à l'atteindre avant les Ninns, peut-être pourrait-il aider Kya à leur échapper ?

Cela valait le coup d'essayer.

Il courut en direction du pont.

— Le voilà ! s'exclama une voix.

Au même instant, une main surgie de nulle part empoigna Éric et le plaqua au sol.

4

Le pont

Entraîné au fond d'un talus couvert d'herbes épaisses, Éric roula jusqu'au pont. Il ouvrit alors les yeux et faillit crier de joie.

— Max? Julie? Je croyais vous avoir per...

Max posa vivement une main sur sa bouche pour le faire taire.

— Chut! fit Julie. Les affreux petits hommes pourraient t'entendre.

Quand Max eut retiré sa main, Éric leur raconta son aventure en quelques mots.

— Nous sommes dans le monde de Droon, chuchota-t-il. Dans la forêt, j'ai fait la connaissance d'une princesse, elle s'appelle Kya. Elle a soigné ma cheville et m'a chargé de remettre un message à son père, le roi Zello.

Max saisit le papier qu'Éric serrait toujours dans sa main et le regarda d'un air perplexe.

— Un message… hein?

— Je suis curieux de savoir ce que fabriquent les Ninns. Vous savez, les types tout rouges? Max, aide-moi à remonter.

— Tu es sûr? marmonna Max. Moi, j'ai l'impression que c'est le meilleur moyen d'avoir des ennuis.

Il fit pourtant la courte échelle à Éric. Quelques secondes plus tard, Julie se trouvait elle aussi en haut du talus. Cachés par les hautes herbes, les deux amis jetèrent un coup d'œil prudent vers le pont. Ils aperçurent au moins une douzaine de Ninns. Ils étaient encore plus monstrueux vus de près : leurs petits yeux noirs brillaient de méchanceté au milieu de visages bouffis. Leurs mains étaient terrifiantes, pourvues chacune de six doigts, aux ongles longs et crochus.

— Monseigneur Sparr ne va pas être content, grommela l'un des Ninns.

— La fille allait trop vite, et cette saleté de gorgol est trop lent, protesta un de ses compagnons en balançant un coup de pied à son lézard.

Soudain, un bruit de klaxon déchira le silence de la forêt ; le sol se mit à vibrer.

— Qu'est-ce que c'est ? murmura Max, qui se trouvait toujours au pied du talus. Une voiture ?

— Plus ou moins, répondit Julie après une seconde d'hésitation.

Un véhicule d'un jaune éclatant, beaucoup plus long qu'une voiture ordinaire et surmonté d'un dôme transparent fonça sur le chemin. Il roulait si vite qu'on aurait dit qu'il bondissait. Ses huit pneus crissèrent sur le gravier, quand il freina à l'entrée du pont. Un homme en descendit.

« Ce doit être le seigneur Sparr dont parlait Kya », se dit Éric.

Plus grand que les Ninns, le nouvel arrivant avait l'air humain, à un détail près : des nageoires violettes s'ouvraient en éventail derrière ses oreilles. Il avança vers ses serviteurs. Le bas de sa cape traînait dans la poussière.

— La fille ! gronda-t-il. Où est-elle ?

Les Ninns se mirent à trembler, comme de la gelée de groseille. Le plus courageux releva la tête et dit :

— Les autres l'ont aidée à fuir, Monseigneur.

Un éclair de rage traversa le regard de Sparr, et ses ailerons devinrent presque noirs.

— Tu as vu ça ? souffla Julie.

— Sparr est un sorcier maléfique. D'après Kya, il serait prêt à tout pour conquérir ce royaume…

— Combien étaient-ils ? demanda Sparr.

Un Ninn leva la main, la moitié des doigts repliés.

— Trois, Monseigneur.

— Fouillez le moindre buisson, brûlez la forêt s'il le faut, mais retrouvez la fille et ramenez-moi ses amis. Exécution !

Sparr tourna les talons et s'engouffra dans son véhicule.

Le moteur rugit, la voiture cracha une fumée bleue et, après un demi-tour serré, s'élança sur le chemin. Les gorgols, eux, s'envolèrent dans un grand bruissement d'ailes et s'éloignèrent.

— Ce Sparr a une tête qui ne me revient pas, déclara Julie quand ils furent seuls.

— Moi, c'est cet endroit qui me file la chair de poule, dit Max. Comment va-t-on rentrer chez nous ?

— Kya m'a demandé de trouver un certain Galen, qui habite une tour. Après, elle a promis de nous aider à repartir. Galen doit transmettre un message à son père, le roi Zello.

Éric défroissa le papier que lui avait confié Kya et lut ce qu'elle avait écrit :

— *Rraps Areuqatta Frodnefroz Ec Rios.* Eh ! Mais ça ne veut rien dire…

— Ça t'étonne ? fit Julie. Après les lézards volants et l'autre bonhomme aux oreilles en éventail, plus rien ne me surprend.

— Et tout ça sous l'escalier de ta cave, ajouta Max.

Éric ne répondit pas. Il regardait la forêt, songeant à Kya qui avait pris le risque de se faire capturer pour l'aider à fuir. « J'espère qu'elle est en sécurité », pensa-t-il. Mais une voix intérieure lui soufflait que ce n'était sûrement pas le cas. À présent, le sort de la princesse et de son royaume dépendait de lui et de ses amis.

— Kya court un grand danger, dit-il.

— Parce que nous, on n'est pas en danger, peut-être ? répliqua Julie.

— Ne perdons pas de temps à discuter, trancha Max. Plus vite nous trouverons ce Galen, plus vite nous rentrerons chez nous. Commençons à chercher par là, proposa-t-il en désignant un sentier qui s'enfonçait entre les arbres.

✲ ✳ ✲ ✱ ✳ Le pont ✳ ✱ ✳ ✲ ✱

Max se mit en route, suivi de ses deux amis. Après avoir parcouru quelques centaines de mètres, ils débouchèrent dans une petite clairière au sol couvert de mousse. On entendait le murmure d'une source ou d'un ruisseau, tout proche.

— Trop classe! s'exclama Max. L'endroit rêvé pour camper. Dommage que nous ayons une mission à accomplir.

Il se dirigeait vers le centre de la clairière, quand il fut stoppé net. Il porta ses mains à son visage:

— Aïe! Mon nez. Je me suis cogné!

5

La tour invisible

— Aïe aïe aïe ! gémit Max.

Quand il rouvrit les yeux, il resta
bouche bée : aucun obstacle ne se dres-
sait sur son chemin.

— Je n'ai pourtant pas rêvé ! dit-il en
frottant son nez meurtri.

Éric s'était précipité vers son ami. Il
allongea la main, tâtant le vide devant
lui.

— Tu as raison. Je sens quelque chose de dur.

— Ça, tu peux le dire !

— Moi aussi, je le sens ! s'exclama Julie, qui se tenait de l'autre côté de la clairière.

Éric se dirigea vers elle en faisant un grand détour, un bras tendu de côté, comme s'il longeait un mur.

— Ça dessine une courbe. On dirait une espèce de… Oh !

Soudain l'air se mit à scintiller et une tour se matérialisa devant les enfants. Il s'agissait plutôt d'un arbre, dont l'écorce semblait aussi dure que de la pierre.

— C'est un arbre fossilisé, dit Julie avec assurance. On en a vu l'été dernier, pendant la colo. Vous vous rappelez ?

— Aucun souvenir, fit Max en secouant la tête.

— Tu m'étonnes ! Tu as passé ton temps à essayer de me piquer mes sandwichs !

— À ce propos, toutes ces émotions m'ont creusé l'appétit.

— Dites donc, vous deux, intervint Éric. Si vous croyez que c'est le moment…

— Qui ose approcher la tour de Galen Longuebarbe ? fit une voix, venue d'en haut.

Les trois amis levèrent les yeux et poussèrent un cri de surprise.

Une araignée géante descendait lentement le long du tronc. Si elle avait bien huit pattes, comme les araignées ordinaires, sa grosse tête ronde, son regard vif, son nez aplati et son incroyable tignasse rousse lui donnaient un air presque humain.

Max donna un coup de coude à Julie.

— Rassure-moi. On n'a pas vu ça en colo ? Sinon, rappelle-moi de ne pas m'inscrire l'année prochaine...

— Vous n'êtes pas des Ninns ! piailla la créature après les avoir examinés.

— Bien sûr que non ! s'écria Julie.

— Les Ninns nous poursuivent, expliqua Éric. La princesse Kya nous a demandé de vous apporter un message.

— Dans ce cas, entrez vite !

Au même moment, une porte s'ouvrit dans le tronc de l'arbre. L'étrange personnage sauta à terre devant les enfants.

— Je m'appelle Filerouge et j'appartiens à l'espèce des trolls-araignées. Mon maître va vous recevoir, ajouta-t-il en pénétrant dans l'arbre. Venez !

Les trois amis se pressèrent à l'intérieur du tronc. Un escalier en colimaçon conduisait au sommet de la tour. Après une montée interminable, ils atteignirent une vaste pièce circulaire dans laquelle régnait un désordre invraisemblable.

— On dirait ta cave, Éric ! plaisanta Marc en promenant un regard autour de lui.

Un peu partout, des piles de vieux livres menaçaient de s'écrouler. Des centaines de fioles, de toutes les couleurs, prenaient la poussière sur des étagères en bois et un imposant miroir ovale trônait, accroché au mur.

Un homme très âgé, et coiffé d'un haut bonnet pointu, se tenait au centre de la pièce. Il était vêtu d'une robe bleue parsemée d'étoiles. Sa barbe, blanche comme neige, lui descendait jusqu'à la taille.

— Son Excellence, premier magicien du monde de Droon, Galen Longue-barbe! annonça Filerouge.

Puis il souffla aux enfants:

— Approchez-vous et parlez fort, car mon maître est un peu dur d'oreille. Que voulez-vous?... Il a plus de cinq siècles...

— Il ne les fait pas, remarqua Éric.

Le vieux magicien toussa pour s'éclaircir la voix.

— Ah, hum! Soyez les bienvenus, mes jeunes amis. Au fait, l'un de vous aurait-il aperçu Lip? Lip est ma pilka, et ça fait un bout de temps que je la cherche...

— Pardon, monsieur, glissa Julie. C'est quoi, une pilka?

— Eh bien, comment dire? C'est une sorte de… Ça ressemble un peu à… bredouilla-t-il en faisant de grands gestes incompréhensibles avec les bras. Tant pis! Je finirai bien par la retrouver. Mais qu'est-ce qui a pu conduire trois enfants du monde d'En Haut jusqu'à moi?

Éric lui fit le récit de leurs aventures, depuis sa rencontre avec Kya jusqu'à la conversation entre Sparr et les Ninns sur le pont.

— Voici le message de Kya, dit-il en tendant le papier au magicien.

Galen lut et fronça les sourcils:

— *Rraps Areuqatta Frodnefroz Ec Rios*? Hum, réfléchissons…

— Et si c'était un message codé? suggéra Julie. La princesse a dû prendre des précautions au cas où les Ninns nous auraient capturés.

Galen sourit dans sa barbe.

— Kya sait en effet que les Ninns sont bien trop idiots pour déchiffrer ce genre de message. Les pauvres ont un cerveau plus petit qu'une noix et ils comprennent tout à l'envers…

— À l'envers ! s'écria Max en se frappant le front. Pourquoi n'y ai-je pas pensé plus tôt ? Vite donnez-moi de quoi écrire !

Galen prit une plume d'oie dans un encrier et la tendit à Max qui recopia le message de Kya en inversant l'ordre des lettres.

— Un vieux truc d'agent secret, expliqua-t-il. J'ai vu ça dans un film. Voici ce que ça donne : « Sparr attaquera Zorfendorf ce soir. »

Les yeux de Galen étincelèrent.

— Le château de Zorfendorf! Sparr a l'intention de s'en emparer cette nuit. Je dois avertir le roi Zello au plus vite!

Tout à coup, un brouillard bleu traversé d'éclairs enveloppa le magicien. Il prononça une suite de mots inconnus: « *Kolo… Bembo… Zout!* »

Quand le brouillard se dissipa, il avait disparu.

— Hé! s'exclama Éric. Où est-il…

Un instant après, Galen réapparut, comme par miracle.

— Je reviens de Jaffaville, annonça-t-il. Le roi va envoyer son armée défendre Zorfendorf.

— Mission accomplie! s'écria Filerouge en gambadant sur ses huit pattes.

Nous avons stoppé Sparr… En tout cas pour le moment.

Galen semblait pourtant très soucieux.

— Le monde de Droon est en grand danger. Pour votre sécurité, j'aurais préféré que vous restiez en dehors de cela. Mais le sort en a décidé autrement… Au fait, par quel moyen êtes-vous entrés dans notre monde ?

Julie lui raconta comment ils avaient découvert l'escalier dans la cave d'Éric.

— Ah ! soupira Galen. L'escalier enchanté… Je me doutais qu'il finirait pas réapparaître…

— Vous saviez qu'il existait ?

Le magicien se dirigea vers un globe de verre qui représentait le monde de Droon. Il était à moitié éclairé et à moitié plongé dans l'obscurité. Galen le contempla un bon moment avant de répondre.

— Il y a très longtemps, Sparr a créé les Trois Puissances, des objets aux pouvoirs extraordinaires. J'ai eu peur qu'il ne s'en serve pour envahir votre monde, alors j'ai dissimulé l'escalier qui reliait nos deux royaumes. Mais depuis j'ai vieilli, et l'effet de mes sorts les plus anciens commence à se dissiper. C'est pour ça que vous avez pu emprunter l'escalier.

— Il s'est évanoui aussitôt après, précisa Julie. Comment allons-nous rentrer chez nous ?

— Kya le retrouvera, assura Filerouge. Elle se servira de ses pouvoirs pour vous aider.

Éric songea à la manière dont la princesse avait soigné sa cheville. Il lui avait suffi d'une pincée de poudre pour guérir son entorse.

— Kya est-elle aussi magicienne ? demanda-t-il.

Galen allait répondre, quand le miroir ovale s'illumina et se mit à émettre un bourdonnement étrange.

— Classe ! votre télé, plaisanta Max.

— Ce miroir est presque aussi vieux que moi, expliqua Galen. Il fit ensuite quelques signes de la main, et des formes floues apparurent. Grâce à lui, je peux surveiller en permanence ce qui se passe dans le royaume. Oh, non !

Julie se précipita vers le magicien.

— Que se passe-t-il ? Rien de grave, j'espère ?

D'un doigt tremblant, Galen indiquait sur le miroir de hautes murailles, à l'aspect sinistre :

— C'est la forteresse de Plud. Le repaire du seigneur Sparr !

L'image de la forteresse devenait de plus en plus nette. On voyait des silhouettes traverser une cour toute en longueur, et deux Ninns encadrer une jeune fille, qui se débattait comme une lionne.

Éric poussa un cri :

— C'est Kya ! Les Ninns ont dû la capturer dans les bois, et maintenant Sparr la retient prisonnière !

6

Au secours
de la princesse

Éric ne pouvait détacher son regard
du miroir.

— Kya semble terrifiée… remarqua-
t-il. Qu'est-ce qu'on peut faire ?

— Voler à son secours ! répondit Galen
en décrochant une longue épée du mur.
La forteresse de Plud est un endroit mau-
dit. C'est là que la mère de Kya, la reine

Relna, a affronté Sparr pour la dernière fois.

— Pour la dernière fois ? répéta Max en frissonnant. Ça veut dire qu'elle est morte ?

— Nul ne l'a jamais revue depuis.

Galen glissa l'épée dans son fourreau, et l'accrocha à sa ceinture. Ainsi armé, il n'avait plus du tout l'air d'un vieux monsieur inoffensif et farfelu.

— Sparr va demander à Kya de lui remettre l'Œil de l'Aube, une des Trois Puissances dont je vous ai parlé. Cette pierre permet à celui qui la détient de contrôler les forces naturelles.

— Et c'est la princesse qui l'a ? interrogea Julie.

— Je l'ignore, soupira Galen. Kya ne le sait pas non plus. Pour éviter que Sparr

n'en fasse mauvais usage, j'ai modifié l'apparence des Trois Puissances. Puis je les ai dispersées aux quatre vents. Mais personne ne peut dire ce qu'elles sont devenues, pas même moi.

— Sparr est prêt à tout pour les récupérer, dit Filerouge en se précipitant vers l'escalier. Je n'ose imaginer ce qu'il fera à Kya si elle refuse de l'aider. Dépêchons-nous !

— Regardez ! dit Julie. Il y a du nouveau.

Au lieu des lugubres murailles de Plud, le miroir montrait maintenant une ville d'une blancheur étincelante, pourvue de hautes tours pareilles à du cristal. Un nuage sombre venait de l'horizon et s'approchait dangereusement de la cité.

C'était des gorgols, aussi nombreux et redoutables que des nuées de sauterelles.

— Malédiction! tonna Galen. Sparr s'est joué de nous. Ses Ninns vont attaquer Jaffaville. Je dois porter secours à la cité blanche. Pourvu que la princesse tienne bon jusqu'à mon retour!

— Attendez!

Éric regarda ses amis.

— Sans Kya, reprit-il, je n'aurais jamais pu échapper aux Ninns. En plus, elle a promis de nous ramener dans notre monde. Alors je pense que c'est à nous de l'aider.

— D'accord, dit Julie. Mais comment irons-nous à Plud?

— Aaaahhh! cria Max au même instant.

Il recula, renversa au passage une pile de livres et atterrit sur les fesses.

— Quelque chose m'a léché!

— C'est toi, Lip?

Filerouge bondissait comme un diable, suspendu dans le vide, à plus d'un mètre du sol.

— Maître Galen, votre pilka est revenue!

Le magicien fit un geste de la main et une créature étonnante apparut juste au-dessous du troll-araignée. La bête ressemblait à un lama de grande taille. Elle avait six pattes et une épaisse fourrure blanche, à l'aspect soyeux.

— Les pilkas sont des animaux très doux, leur expliqua Filerouge, très rapides, aussi. Lip paraît vous apprécier, maître Max!

— Eh bien, la prochaine fois qu'elle voudra me montrer son affection, elle serait gentille de me prévenir, marmonna le garçon.

Lip poussa une sorte de hennissement et commença de descendre l'escalier. Après quelques marches, elle s'arrêta et tourna la tête vers les enfants. On aurait dit qu'elle les invitait à la suivre.

Éric interrogea ses amis du regard.

— Le temps presse, dit Julie.

— En avant ! s'écria Max.

Le cœur d'Éric se mit à battre plus fort… Sparr n'avait qu'à bien se tenir !

— En route pour Plud !

7

La forteresse de Plud

— C'est ici que nos chemins se séparent, leur dit Galen au pied de la tour. Lip va vous conduire jusqu'à la forteresse du seigneur Sparr.

Il tendit à Éric un paquet soigneusement plié.

— Prenez cette cape d'invisibilité, elle pourra vous être utile.

— Et emmenez-moi avec vous! supplia Filerouge. Moi aussi, je pourrai vous être utile. En plus, je connais le chemin pour aller à Plud.

Lip s'était arrêtée près d'une grosse pierre, pour permettre aux enfants de grimper sur son dos. D'un bond Filerouge grimpa sur sa tête.

— Bonne chance! mes jeunes amis. Peut-être nous reverrons-nous jamais. Aussi, écoutez-moi bien, leur dit Golen. L'existence de Droon doit absolument rester secrète. Quand vous aurez regagné votre monde, vous ne devrez raconter à personne ce que vous aurez vu ici. Enfin, vous ne devrez rien emporter avec vous et rien laisser derrière vous, en repartant.

— Pourquoi? demanda Éric.

— Pour chaque chose oubliée ici, un élément du monde de Droon resurgit dans le monde d'En Haut. Cela peut être un objet mais aussi une personne.

— Un Ninn, par exemple ?

— Ou pire ! Alors, soyez prudents !

Sur cet avertissement, Galen Longe-barbe, premier magicien du monde de Droon, disparut dans un nuage de fumée bleue, et sa tour se volatilisa avec lui.

Éric saisit les rênes d'une main ferme.

— En route !

Lip hennit et s'élança au galop vers la forêt…

Plus tard, les bois firent place aux prairies… Les enfants n'auraient su dire depuis combien de temps ils avaient quitté la clairière, quand une silhouette ailée les dépassa.

— Un gorgol ? fit Julie, inquiète.

Max leva les yeux.

— Non, regarde son ventre blanc. On dirait un faucon.

L'oiseau prit de l'altitude et s'éloigna à toute allure.

— J'ai aperçu le même dans la forêt, juste avant de vous retrouver, signala Éric.

Lip ralentit le pas.

— Chut ! dit Filerouge à voix basse. On arrive.

La pilka gravit un sentier qui menait à un plateau caillouteux, puis elle alla s'abriter derrière un bouquet d'arbres. Les trois enfants et le troll-araignée mirent pied à terre.

— Super ! Des mûres, s'écria Max en s'approchant des buissons. Quelqu'un en veut ?

Lip les avait conduits au pied des remparts de Plud. De si près, la place-forte ressemblait à un monstre, prêt à les dévorer. Une fumée noire planait au-dessus des tours.

— Dommage que Galen ne nous ait pas donné une clé magique en plus de la cape, regretta Julie. Vous avez vu la hauteur de ces murs ? Nous ne pourrons jamais les franchir.

Soudain, un grondement de moteur résonna au loin.

— Une voiture ? murmura Éric. Ce doit être Sparr. Les gardes vont lui ouvrir et on entrera en même temps que lui !

Peu après, la voiture jaune du sorcier s'arrêtait devant les portes de la cité. Un klaxon retentit. Effrayée, Lip détala au triple galop.

— Lip, attends! cria Filerouge en dévalant le sentier derrière elle. Lip!

— Filerouge, reviens! dit Julie. On a besoin de toi!

La voiture redémarra bruyamment tandis que les portes s'ouvraient lentement devant elle.

— C'est notre chance, on ne peut pas attendre Filerouge! souffla Éric en attrapant ses compagnons par le bras. Vite!

Les trois enfants coururent vers la forteresse et se faufilèrent à l'intérieur, derrière Sparr. Ils se cachèrent derrière un muret, juste avant que les portes noires ne se referment.

La voiture jaune s'immobilisa au milieu de la cour. Plusieurs Ninns se précipitèrent afin d'accueillir leur maître.

— La princesse est enfermée dans la grande tour, Monseigneur, dit l'un d'eux en s'inclinant.

Sparr ne répondit pas mais un rire méchant se dessina sur ses lèvres. À grandes enjambées, il se dirigea vers le bâtiment principal, suivi par les Ninns.

— Allons-y, dit Éric.

En rasant les murs, les enfants traversèrent la cour déserte et pénétrèrent à sa suite dans le bâtiment. Un corridor sombre s'ouvrait devant eux. L'écho des pas des gardes faiblit peu à peu.

— C'est quoi, le plan ? murmura Julie.

Éric fouilla l'obscurité du regard.

— Il y a un escalier au bout du couloir. J'imagine qu'il conduit au donjon. Voilà ce que je vous propose : on trouve Kya, on la délivre et on repart avant que

Sparr nous ait repérés. Quelqu'un a une meilleure idée ?

— J'imagine qu'on n'a pas le choix, soupira Julie.

— Espérons que c'est notre jour de chance… ajouta Max.

Ils longèrent le couloir en rasant les murs puis filèrent dans l'escalier. Celui-ci comptait des centaines de marches, si bien qu'ils étaient tout essoufflés en arrivant au sommet.

Éric tendit le cou afin d'inspecter le palier. Sur sa gauche, une porte était gardée par deux énormes Ninns en uniforme noir.

— Je parie que Kya se trouve derrière cette porte.

— On va devoir se battre ? On ne fera jamais le poids… dit Max à voix basse.

— Non, nous allons ruser.

Tout en parlant, Éric s'était enveloppé dans la cape que Galen lui avait donnée.

— C'est vraiment magique ! souffla Julie. Personne ne pourrait soupçonner ta présence.

— Surtout, restez bien cachés !

Éric s'avança silencieusement vers la porte et donna une bourrade à un garde.

— Eh ! Qu'est-ce qui te prend ? grogna le Ninn en collant une gifle à son camarade.

— Mais j'ai rien fait ! protesta celui-ci. T'es fou ou quoi ?

Il abattit son poing sur le casque de l'autre.

— Tu vas me le payer ! rugit le premier Ninn en relevant sa visière. Ses yeux étincelaient de colère.

— Essaye d'abord de m'attraper !

Occupés à se rendre leurs coups et à courir l'un après l'autre, les gardes ne remarquèrent pas les deux ombres qui se glissaient derrière une tapisserie. Ils ne virent pas non plus qu'ils se rapprochaient dangereusement de l'escalier. Soudain, dans son élan, l'un d'eux trébucha, bascula et entraîna son adversaire dans une dégringolade fracassante. Quand le silence retomba, les deux amis sortirent de leur cachette : la voie était libre.

— Bien joué ! s'écria Julie, tandis qu'Éric ôtait la cape magique et l'attachait à sa ceinture.

— Je vais faire le guet pendant que vous allez chercher la princesse, décida Max.

Éric et Julie se précipitèrent sur la porte qui céda aussitôt. Ils entrèrent dans une cellule minuscule et sombre.

Kya était assise par terre. Elle se releva d'un bond en apercevant Éric.

— Le garçon de la forêt! Je savais que je pouvais compter sur toi.

Éric sourit, flatté. Il aurait bien aimé répondre à Kya mais Julie ne lui en laissa pas le temps.

— On ferait mieux de ne pas traîner dans le coin.

— Elle a raison!

La princesse s'élança hors de la cellule et dévala l'escalier, suivie par ses trois amis.

— Sparr croit que je détiens l'Œil de l'Aube, expliqua-t-elle dans un souffle. Il est prêt à tout pour le récupérer. Avec ce talisman, il pourra conquérir le monde de Droon.

— Nous ne le laisserons pas faire, princesse Kya !

Une fois dans le couloir, les enfants se mirent à courir quand soudain, une silhouette menaçante surgit des ténèbres. C'était le seigneur Sparr !

8

Prisonniers !

Une douzaine de Ninns en armure escortaient les enfants. Leur prison se trouvait au sommet d'une autre tour. Les deux gardes qui venaient de se battre à cause d'Éric leur jetaient des regards mauvais. Les traces de coups qui marquaient leurs visages les rendaient plus effrayants que jamais.

Une porte en fer s'ouvrit. Ils furent poussés sans ménagement. Clang! Quelqu'un ferma le verrou derrière eux.

Le seigneur Sparr les attendait, solidement campé sur ses longues jambes, au centre de la pièce circulaire.

— Princesse Kya! fit-il d'une voix grinçante. À cause de vous et de vos amis je n'ai pas pu m'emparer du château de Zorfendorf ni de Jaffaville. Mais je vous pardonne, car vous allez me donner quelque chose qui m'appartient et qui est bien plus précieux à mes yeux.

— Je vous conseille de nous relâcher, Sparr. Le roi mon père est en route. Il nous délivrera et détruira votre forteresse.

— Ah! Ah! Ni votre père ni votre mère ne vous reverront vivante.

— Monstre ! s'écria Kya, des larmes plein les yeux. Vous savez très bien que ma mère est morte. C'est vous qui l'avez tuée !

Un sourire cruel illumina le visage du sorcier.

— Erreur, votre altesse…

Il se tut brusquement et regarda la jeune fille d'un air étrange.

— Cette bourse…

Kya recula, mais Sparr fut plus rapide. D'un geste vif, il arracha la bourse qu'elle portait au poignet.

— C'est un cadeau de ma mère ! s'écria la princesse en tentant de la récupérer.

Les nageoires qui encadraient le visage de Sparr devinrent noires et il fut saisi de tremblements.

— Ô joyau ! Si c'est bien toi, sous ta vraie forme montre-toi !

Aussitôt, la bourse rétrécit dans sa main jusqu'à avoir la taille d'un œuf de pigeon. Puis elle devint lisse et se mit à rougeoyer.

— C'est impossible ! gémit Kya.

Avec un rugissement de triomphe, Sparr leva la pierre vers la lumière.

— L'Œil de l'Aube ! Pauvre idiote, tu l'avais sur toi et tu n'en savais rien ! La première des Trois Puissances est à nouveau à moi !

— Rends-lui ça tout de suite !

Éric se jeta sur le sorcier mais un Ninn l'agrippa par le col et le repoussa violemment vers Max et Julie. Sparr dit alors quelque chose qui leur glaça le sang :

— Vous trois… Je vous connais. Vous venez du monde d'En Haut. C'est mon escalier qui vous a conduits ici. Et cet escalier se trouve dans ta maison ! achevat-il en pointant son index vers Éric.

Celui-ci frissonna.

— Qu'est-ce que vous en savez ?

D'un geste théâtral, Sparr écarta le rideau bleu qui couvrait le mur derrière lui. Un objet noir et blanc, de forme ronde, trônait sur un piédestal.

— Notre ballon ! s'exclama Julie.

— Cette… chose m'a déjà beaucoup appris, reprit Sparr. Et quand j'en aurai fini avec vous, votre monde n'aura plus aucun secret pour moi.

Soudain, une voix stridente parvint de dehors :

— C'est toi qui es fini, Sparr !

Tous les regards se tournèrent vers la fenêtre : une tignasse rousse franchit le rebord et se mit à courir sur le mur de toute la vitesse de ses huit pattes.

— Filerouge !

— Lui-même !

Le troll-araignée sauta sur le sol.

— Gardes! rugit Sparr. Emparez-vous de lui!

Les Ninns firent un pas en avant, mais Filerouge lança ses fils. La toile s'enroula autour d'eux et les neutralisa sur-le-champ.

Profitant de la surprise générale, Éric attrapa le ballon et le lança à son ami:

— À toi, Max! Vise les Ninns!

Le jeune homme prit son élan et shoota à pleine puissance sur les affreux petits hommes rouges.

— Aaargh! mon nez! pesta l'un des gardes en sautillant de douleur.

— Bien fait!

Julie intercepta le ballon au rebond et l'expédia dans l'estomac d'un autre Ninn.

Ce dernier s'écroula, renversant deux de ses camarades.

— Strike ! À moi la passe !

Éric plongea pour récupérer le ballon. Au même instant, Sparr fit volte-face en levant le poing. Une lueur rouge jaillit de sa main.

L'éclair manqua de peu Kya et vint toucher le mur, ouvrant une large brèche.

— Tant pis pour l'Œil de l'Aube ! cria Éric. Filons !

Les prisonniers s'engouffrèrent dans le passage et coururent ventre à terre.

Les Ninns, qui avaient fini par se libérer, se lancèrent à leur poursuite. Éric cherchait désespérément une issue quand il aperçut une porte sur la gauche.

— Par ici !

Quand ils eurent tous franchi la porte,
Éric la referma aussitôt et essaya de re-
prendre son souffle. Ils se trouvaient à
présent dans une pièce minuscule, fai-
blement éclairée par une étroite fenêtre.
Les murs et le sol étaient en pierre, mais
il n'y avait pas d'autre voie que celle par
laquelle ils venaient d'entrer…

— J'ai l'impression que nous sommes
à nouveau prisonniers… commenta Julie.

9

Baptême de l'air

Les deux garçons retenaient la porte, résistant de toutes leurs forces à la poussée des Ninns.

— On ne tiendra pas longtemps, haleta Éric. Et la cape magique n'est pas assez grande pour nous tous !

Filerouge grimpa au mur et atteignit le rebord de la fenêtre.

— Pas de barreaux, constata-t-il. Cette pièce n'est pas un cachot.

— On dirait plutôt un grenier, dit Julie. Regardez ce tas de vieux tapis poussiéreux. Pouah! Je crois que je vais éternuer.

— Y a-t-il quelque chose d'écrit dessus? demanda Kya.

Julie retourna le bord d'un tapis et lut:

— « Fabriquée par Pasha. Ne pas détacher cette étiquette. »

Le visage de Kya s'éclaira.

— Génial! s'écria-t-elle en battant des mains. Il faut en trouver un vert, avec des cordons violets aux quatre coins. Aide-moi à chercher.

— Ce n'est pas le moment de faire du shopping! protesta Max.

— Au contraire, répondit Kya. C'est la seule chance qu'il nous reste!

Les deux filles dégagèrent un tapis de la pile. Il correspondait parfaitement à la description de Kya.

À cet instant un coup violent ébranla la porte. Crrrac! Le bois commençait de se fendre, et les garçons à lâcher prise.

— Tout le monde à bord! ordonna Kya en prenant place sur le tapis.

Julie s'assit en tailleur derrière elle.

— Et maintenant? On s'envole?

Elle laissa échapper un cri de surprise: à ces mots, le tapis avait quitté le sol et il flottait à présent dans le vide, comme s'il attendait des instructions.

— Je disais ça pour rire, balbutia-t-elle.

— Il doit aimer le son de ta voix. Les tapis de Pasha n'obéissent pas à n'importe qui.

— Bon je vais réessayer: Tapis, vole!

Le tapis s'éleva un peu plus et fit le tour de la pièce. Entre-temps, la fenêtre avait fini par céder sous les efforts de File-rouge, laissant entrer un grand souffle d'air frais.

— Dépêchez-vous de monter ! cria Julie.

— Partez sans moi, dit Filerouge. Je dois sauver Lip et, en plus, j'ai le mal de l'air !

Le troll-araignée les salua en agitant trois pattes, puis il enjamba la fenêtre et disparut.

Max sauta sur le tapis.

— Ouh la la ! On se croirait sur un bateau.

Il coinça le ballon entre ses genoux, se cramponna à un cordon et tendit l'autre main à Éric pour l'aider à monter.

Crrrac ! Au même instant, la porte vola en éclats et une dizaine de Ninns s'engouffrèrent à la suite de Sparr.

— Vous pensez pouvoir m'échapper ? rugit le sorcier en brandissant le poing. J'en appelle au pouvoir de l'Œil de l'Aube !

Une violente lumière rouge s'échappa de la pierre, se transformant en mille langues de feu qui vinrent lécher les bords du tapis, juste au moment où il passait la fenêtre. Sparr leva à nouveau la main, la bouche tordue par un rictus de haine.

— Tout le monde à plat ventre ! dit Max. Ça va chauffer !

Soudain, une sorte d'éclair blanc franchit la fenêtre et s'abattit sur le sorcier. C'était l'oiseau blanc qui avait suivi les enfants jusqu'à la forteresse ! Sous le choc, la lumière qui jaillissait de la pierre magique parut consumer la main de Sparr. Celui-ci grimaça de douleur et tomba à la renverse.

— Où que vous alliez, je vous retrouverai ! hurla-t-il.

Mais le faucon avait repris son élan et l'attaquait à nouveau de son bec acéré, l'obligeant à battre en retraite.

Le tapis s'éleva alors dans les airs, s'éloignant à toute vitesse de la demeure du sorcier. À l'avant du tapis, Éric regardait le paysage défiler sous ses yeux.

Bientôt, la forteresse de Sparr ne fut plus qu'un minuscule point à l'horizon.

10

Retour à la maison

Le ciel rose du monde de Droon virait lentement au mauve, la nuit n'allait pas tarder à envelopper le tapis qui filait à travers les nuages. Kya se rapprocha d'Éric et lui prit la main.

— Vous avez risqué votre vie pour moi, sans me connaître. Pour vous remercier, je vais vous aider à regagner le monde d'En Haut.

— L'escalier magique a disparu, répondit Éric en scrutant l'horizon. Et même Galen ignore où il a pu aller.

— Je l'ai vu en rêve au-dessus des montagnes de Tarabat. Nous devrions commencer nos recherches de ce côté. Cap au nord !

Julie tira sur un des cordons et le tapis changea aussitôt de direction.

Peu de temps après, les quatre compagnons se retrouvèrent couverts de flocons blancs qui tombaient en tourbillonnant. Un vent glacial leur fouettait le visage. Le tapis survola deux pics enneigés puis déboucha sur un désert de glace, à perte de vue. Soudain, une traînée de couleurs vives serpenta dans le ciel.

— L'escalier ! s'exclama Max. On va pouvoir rentrer chez nous !

Le tapis ralentit et s'immobilisa au pied des marches. Les trois amis sautèrent.

Éric se retourna vers Kya.

— Galen avait raison, dit-il. Le monde de Droon court de grands dangers, surtout depuis que Sparr a récupéré l'Œil de l'Aube.

— Mais tout espoir n'est pas perdu. Maintenant que je suis libre, je vais poursuivre mon combat contre ce monstre.

Éric décrocha la cape magique de sa ceinture et la tendit à la princesse.

— Galen nous a demandé de ne rien emporter.

— Et de ne rien laisser non plus !

Kya ramassa le ballon qui se trouvait encore sur le tapis, le regarda un moment puis le lança à Éric.

— Bon retour !

— Est-ce qu'on se reverra ?

Kya sourit.

— Oui, si la magie fait son effet !

Le tapis s'envola comme une flèche en direction des montagnes puis fila. Éric le regarda se fondre dans un tourbillon de neige.

— « Si la magie fait son effet ? » répéta-t-il d'une voix songeuse. Qu'est-ce que ça veut dire ?

— Dépêchons-nous de grimper, fit Julie. Avant que l'escalier ne disparaisse à nouveau !

Les enfants gravirent les marches en courant. Une fois au sommet, Éric jeta un dernier coup d'œil au monde étrange qu'ils allaient quitter, mais il ne distingua qu'une multitude de flocons blancs qui tournoyaient sans fin. Déjà, l'escalier s'effaçait.

— Adieu, monde de Droon… Ou plutôt, au revoir.

Il étendit le bras et chercha l'interrupteur à tâtons. Clic! La lumière jaillit et le sol en ciment reprit instantanément son aspect habituel. Rien n'indiquait qu'il y avait un passage vers un autre monde à cet endroit.

Les trois amis restèrent un moment sans bouger. Enfin, Éric poussa la porte du débarras: la cave était dans l'état exact où il l'avait laissée, pleine de désordre et de poussière.

— Ça n'a aucun sens, soupira-t-il.

Il se laissa tomber dans le vieux fauteuil, le ballon sur ses genoux.

— Sparr, Kya, notre évasion de la forteresse… Je commence à croire que j'ai rêvé.

— Moi, répliqua Max, je me sens tellement barbouillé que je suis certain d'être monté sur un tapis volant !

— Et puis, on ne peut pas avoir fait tous les trois le même rêve, non ?

— Tu as raison.

Éric se leva et repoussa la caisse devant le cagibi.

— Kya nous a laissé entendre que nous retournerions dans son monde. Mais d'ici là, nous allons devoir attendre !

— Regardez, il fait jour, dit Julie en montrant le soupirail. Ça veut dire que nous nous sommes absentés près de vingt-quatre heures. Nos parents doivent être morts d'inquiétude. Allons vite les rassurer !

Ils grimpèrent l'escalier qui menait au rez-de-chaussée. Éric prit une profonde inspiration avant de tourner la poignée de la porte.

Sa mère lisait, assise à la table de la cuisine. Elle releva la tête en les entendant arriver, visiblement très surprise.

— Éric ?

— Maman, je vais tout t'expliquer !

— Tu vas surtout me faire le plaisir de redescendre. La cave ne sera jamais rangée si tu abandonnes aussi vite !

Elle pointa son index vers la pendule. Les aiguilles indiquaient 2 h 10.

— Quoi? s'écria Max. On a fait tout ça en dix minutes?

— Comment? Vous avez déjà fini?

Madame Hinkle se leva et se dirigea vers la porte.

— Non, non! protesta Éric en lui barrant le passage. On a à peine commencé. C'est juste que... on avait soif.

Sa mère fronça les sourcils.

Éric et ses amis se servirent trois verres d'eau à la hâte avant de se précipiter dans l'escalier en claquant la porte derrière eux. Une surprise les attendait en bas : le ballon qu'ils avaient laissé sur le fauteuil flottait au milieu de la cave. Une main mystérieuse y avait tracé des lettres à l'encre bleue.

— *Sov Sever Souv Tnorertnom El*

Nimehc, lut Éric. C'est sûrement un message de Kya !

— Et à l'endroit, cela donne : « Vos rêves vous montreront le chemin ! » s'exclama Max avec fierté.

Tout à coup, les motifs noirs et blancs du ballon s'assemblèrent comme les pièces d'un puzzle, formant des pays et des continents.

— On dirait une planète… C'est le monde de Droon ! s'écria Julie.

Le ballon fit plusieurs tours sur lui-même, puis il reprit son aspect normal et atterrit dans les mains d'Éric.

— Je crois que la magie de Kya a fait son effet !

— Vivement cette nuit ! Qu'on puisse rêver ! s'écria Max.

— … Rêver jusqu'à retrouver le chemin du monde de Droon! renchérit Julie.

Les trois amis se regardèrent et éclatèrent de rire.

— L'aventure continue!

Table

∗ * ∗ * ∗ * ∗ * ∗

Dans la même collection

Le monde de Droon

Tu as aimé

Le tapis magique

**Alors découvre vite un extrait
du tome 2**

Le palais du volcan

Des livres plein les poches, POCKET *jeunesse* des histoires plein la tête

Rêves

Éric Hinkle avait l'impression d'étouffer.

À chaque inspiration la fumée lui piquait les yeux et lui brûlait la gorge. Il titubait le long d'un corridor sombre, essayant d'échapper au maléfique seigneur Sparr.

— Maintenant que tu connais mon secret, cria le sorcier, tu resteras ici pour toujours !

— Puisque je vous dis que je ne sais rien ! supplia Éric. Laissez-moi partir !

— Jamais !

Sparr marchait à grandes enjambées. Il gagnait rapidement du terrain. Ses yeux lançaient des éclairs. Les nageoires violettes qui encadraient son visage frémissaient sous la colère.

Soudain, le tunnel bifurqua devant Éric.

« Prends à droite ! » lui souffla une voix intérieure.

Éric avala sa salive. Il avait toujours eu du mal à distinguer la gauche de la droite. Il regarda ses mains. Laquelle était la droite ?

— Par ici ! s'exclama-t-il, et il s'engouffra dans l'un des deux couloirs.

« Idiot ! pesta la voix. C'était l'autre ! »

— Ah ! Ah ! ricana Sparr en le voyant foncer dans un mur. Je te tiens ! Tu ne trahiras pas mon secret !

— Au secours ! hurla Éric. Je suis pris au piège !

Sparr se jeta sur lui, mais Éric l'esquiva d'un bond et repartit en sens inverse.

Soudain le sol devint mou sous ses pieds, puis il se déroba d'un seul coup.

— Aaaah! Je tombe…

Éric ouvrit brusquement les yeux et reconnut le décor familier de sa chambre. Il était étendu au pied de son lit, entortillé dans ses draps comme une momie.

— Ouf! soupira-t-il. Quel horrible cauchemar.

La porte s'ouvrit et sa mère passa la tête.

— Ça va, Éric?

— Euh… Oh! Je suis juste tombé du lit, dit Éric en tirant sur un drap pour se dégager.

Madame Hinkle l'aida à se relever.

— Au fait… Où se trouve le monde de Droon?

Éric faillit s'étaler à nouveau par terre.

— Qu… quoi?

— Dans ton sommeil, tu as parlé d'un endroit appelé Droon.

Éric ouvrit la bouche pour répondre, mais aucun son ne sortit.

Le monde de Droon était un secret qu'il partageait avec ses amis Max et Julie, un monde fabuleux qu'ils avaient découvert par hasard sous l'escalier de sa cave. Ils étaient les seuls à connaître son existence et Galen, le magicien, leur avait fait promettre de n'en parler à personne.

Le problème, c'est que depuis sa première aventure dans le monde de Droon, Éric ne pensait plus qu'à ça, au point d'en rêver la nuit ! Et quand on rêvait du monde de Droon, avait dit la princesse Kya, c'était signe qu'on allait bientôt y retourner. À cette idée, un frisson d'impatience le parcourut. Puis il se rappela la question de sa mère.

— Droon ? C'est un pays... qu'on a inventé. Avec Max et Julie.

Éric détestait mentir, mais cette fois-ci il n'avait pas le choix.

— Eh bien, en voilà des mystères ! À ce propos, tes amis ont téléphoné. Ils ne devraient pas tarder à arriver.

Éric s'habilla à toute vitesse. Il avait hâte de raconter son rêve à Max et Julie.

En sortant dans le jardin, il vit un petit chien tout ébouriffé qui pourchassait Max sur la pelouse. L'animal lui attrapa le pied et le serra dans sa gueule en grognant.

— Assez, Snorky!

Max lança une vieille balle en cuir et le chien lâcha sa chaussure pour aller la chercher.

— Salut!

— Content de te voir, dit Éric en s'approchant. Tu sais quoi? J'ai rêvé du monde de Droon.

— Pas moi, dit Max. Hier soir, j'étais tellement fatigué d'avoir joué avec Snorky que je dormais avant même d'avoir posé la tête sur l'oreiller. D'ailleurs, je crois que j'ai commencé ma nuit par terre!

— Moi, c'est là que je l'ai finie, reprit Éric d'un air songeur. Mais j'ai surtout eu une drôle d'impression... Comme si quelqu'un du monde de Droon m'avait soufflé le rêve.

À cet instant, Julie franchit le portail du jardin et les rejoignit en courant.

— Julie, il m'est arrivé un truc bizarre… commença Éric.

— Tu m'en parleras plus tard, le coupa la jeune fille. Il faut d'abord que je vous raconte mon rêve ! J'étais dans le monde de Droon…

— Moi aussi ! Sparr me poursuivait parce que j'avais découvert son secret. Malheureusement, j'ai oublié de quoi il s'agissait.

— Hum ! fit Julie en se mordillant la lèvre, comme toujours lorsqu'elle réfléchissait. Moi, je me trouvais au bord d'un lac. Je mourais de soif, mais quelque chose me retenait de boire… quelque chose d'effrayant.

[…]

Retrouve

tes héros préférés

et gagne

des cadeaux sur

www.pocketjeunesse.fr

- toutes les infos sur tes livres et tes héros préférés
- des jeux-concours pour gagner des livres et plein d'autres cadeaux
- une newsletter pour tout savoir avant tes amis

Composition : Francisco *Compo*
61290 Longny-au-Perche

Impression réalisée sur Presse Offset par

C P I
Brodard & Taupin

La Flèche (Sarthe), le 23-03-2007
N° d'impression : 39478

Dépôt légal : avril 2007

Imprimé en France

 12, avenue d'Italie

75627 PARIS Cedex 13